非常階段

安藤あゆみ

Ayumi Ando

文芸社

午後八時

ネオンサインの中を通り過ぎて行く
仮面を被ったかのような顔で
独り通り過ぎる人達を見てた

本当は一人一人違うはずなのに
集合体の中に溶け込めば
まるで大きな迷路に迷い込んだ
行き場を失ったロボットの群れのように
個人も見分けられない位の速さで
ただひたすらに過ぎて行く

こんなに沢山の人が居て
こんなに沢山の人生が存在して
こんなに沢山の笑い声があるのに
何故人はこんなにも皆孤独で
帰る場所も定まらないまま
少しの温もり欲しくてさ迷うのだろう

何故また独りになると知りながら
インスタントの優しさ求め
冷たい夜に溶けるのだろう

人工の光が創るまやかしの夢は
手触りも無いくらい無機質で
けれどもひととき身を任せるには充分な位
使い捨てには出来ているから
それはそれで心地よいのだろうか
通り行く人達は寂しげで
けれども少し幸せそうだった

雨の日の幻想曲

小さな光だけが差し込む空っぽの空洞に
さらさらと細かい雨が降り注ぐ
目を閉じたら記憶の影に呑み込まれそうな程に
冷ややかな大気が身体を包み込む

夕暮れ時に聞いたどんな切ない歌声よりも
胸の奥を潰してしまいそうな位の感情があって
少しずつ少しずつ出し惜しみされながら
抱きしめられている

きっともうすぐしたら光が満ち溢れるのだろう

最後に聞いた闇夜の囁きよりも
月のため息の方をいつまでも抱き続けて
終わりの無い宇宙の夢を見ようか

それとも全てを消してしまおうか

遠くの方で聞こえる生命の音や光や闇や
何処までも青く透き通った硝子玉の中に浮かぶ
懐かしい幻や逢いたい誰かや

こころの奥の空っぽの部分に一滴ずつ
水がすべり込んでゆく

夜会前夜

白い波　押し寄せ
高き波　上がる
誰もが何かを探してる
誰もが誰かを探してる
誰もが明日を探してる

波に溺れ夜にまみれ
朝の灰煙の中でむせび
ビルの隙間に横たわる

水飛沫揺れて
押し寄せる流れは
君を待つのかどうなのか
荒々しく獲物を飲み込んで
御伽話は消える

交差点

立ち止まった瞬間に感じた
無数のひしめき合い
目まぐるしく流れる人ごみの中で
ざわめきをかすかに感じ取った

雨が降り出した空の下
空白の心は何も聞かない

車の叫び声と雨の唄
混ざり合って遠くなる
生命の鼓動

通り過ぎて行く
無口な人々
黙ったままの姿で
立ち止まっては進む

ぼんやりした世界の中
毎日毎日繰り返しては消えて行く
同じ色した物語

今日もまた同じ
昨日の物語をたどる

満月

満月が顔を出して
辺り一面を明るくして
暗い深い夜の道を照らしている
夜はこのまま終わらないのだろうかと思った
もうこのまま時は止まるのだろうかと思った

光は水に揺らめいて
ふらりふらりと漂って
静かな音だけ聞こえるようで

少しだけ耳を澄ますと
引っ掛かってる思い出ひとつ

こんな夜には誰かが側に居れば良い
こんな夜には誰も側に居なくて良い

ため息で空が白くなるような夜には
いろんな事がひとつひとつ
真っ白な綿でくるまれているようで
手に取ると少しだけ温かくて
何故か涙も不似合いで

だけど何かが苦笑いさせる

満月が空に浮かぶ時
きっと河を下るだろう
そして河は月を溶かして
幾度でも流れて行くのだろう

夜の中で

夜の静けさに身を沈め
今日の憂鬱さを繰り返し思う
明日の為の笑顔が少し
残っていたから安心出来た

夜の音に耳を澄ませば
やがては消え行く何かへの
儚いものへの悲しみ思う

月の光が
白い光になって街を照らす

さりげない優しさはいつだって
目に見えることは無いから
それが本当に存在してるということさえも
気付かれずにいるのですね

この世界は
余りにも切ないものですね

ひんやりした時の記憶が
小石に一つ一つ丁寧に刻まれてゆく
拾い上げて耳を近付けても
何も聞かせようとしないのは
多分それらがとても壊れやすくて
とても切ないものだから

ほんの少しの悲しみなら
明日への優しさに変えられる
余りに多い悲しみは
明日への憎しみに変えられる

涙は何処へ行くのでもなく
夜に消えて行くのです

鏡の中の

退屈な日常は縛られた電気コードの中で
窮屈そうにもがく
積み重ねてきた軌跡は電磁波で彩られて
脳味噌の中で溶け始めたひとすくいの
アイスクリーム状の穏やかだった思い出は
突然ささくれ立ってゆく

綺麗だねその瞳は
嘘がいろんな色をしてほらもうこんなに
きらきらと輝き始めているよ
長い時が創ったその色で
今度は何をどう映すの
何をどう映したいの

遊覧船に乗っていた
オットセイがペンギンを追い掛けてた
もう綺麗事は何処にも無いんだね
掴んだはずだったわずかばかりの希望が
全てが仕組まれたことだと言っている

時限爆弾に脅かされながら
底無し沼の魚を取り出す
形状記憶の優しい言葉を選んで
守るふりして放棄する無機質な輩
届けられなかったあの時の真実は
瓶詰めにされて深海へと沈めた
誰も二度と開けないようにと
しっかり蓋をして底へ底へと誘った

夜行列車

何処かで聞いた歌が
心の中で繰り返し踊る
風の中で明日を探すとき
思い出せそうだった音の欠片が
黙って消えた

さよならの数だけ涙で笑うなら
現在《いま》はもう要らない
そう思いながら歩く白い道を
誰かが通り過ぎて行く

欲しがるものは何も無いのに
失うものはただ増えていく

限り無く深い海の闇から
溢れる光在る場所へと急ぐ
無限の旅人たちの昔話を聞いて

目を閉じるため息と声と夢と
もうすぐ手の届きそうな明日抱いて
静かに眠る夕暮れの中

最初から解っていること解らないこと
崩さないように大事にして
両手の中へと包み込む

明日は遠すぎて近い

幻想

帰り道で会おうか
それともこのまま帰ろうか

もう少し待ってみようか
このまま風とお話ししながら

夢を見てみようか
それから何処かへ行こうか

歩いて行こうか
それとも走って行こうか

立ち止まってみようか
そんなやり方もいいかもしれない

夜を待とうか
星を探してみようか

さようならと言ってみようか
それで何かが変わるだろうか

都会

今日に溶けた夜は
明日色に染まって
取り次いだ昨日の約束は
今日に凍りついた

深い闇に水平線が消えて行く
急ぎ過ぎないように見送る時間は
砂時計の中では速い

街が姿を消して行くのは
何のせいだろうと思った
蒼い夜の向こう側では
赤い色では映し出せないくらい
美しい黄昏の顔をして
ゆっくりと姿を消してゆく君

追い掛けないのは追い越せないから
そう言おうとした一瞬の隙は
闇の音にかき消されて

たまらない冷たさと沈黙は
喉の奥から上がってくる
白い炎に包まれて
私の心の中で燃えた

空の色を変えたがっても
空の色は変わっていくのだと
言い聞かせながら今日は
黙って眠りに落ちようか

都会Ⅱ

過去の瓦礫に埋もれた
遠ざかる迷い人

伝わる鼓動で目が覚めたら
光は無く　闇ばかりが辺りを包み込んでいた

夕べの星の輝きさえも思い出せず
明日見る夢の片方だけ抱えて
もう一度　目を閉じた

今度目が覚めたら一体何処へ
転がり込んでいるのか
まるで見当がつかないまま
深い眠りに落ちた

両手いっぱいの空間が
消えようとしている

誰も彼もが
忘れようとしていた

宴

弾けたシャボン玉を指先で転がした
夕焼けに染まりきれない白い雲と
何処かで日付変更線が
かちりと音を発てて
変わるのを耳を澄ませて聞く
とどまって居たい空気の中で
発芽する未来の産声が耳をかすめる
そう立ち尽くしている間にも宴は
一刻一刻と近付いて来ている

もう二度と帰っては来ないあの時の残像は
映写機の中で消化され
何度も何度も擦り切れながら繰り返される
偽物に摩り替えられ続ける思いは
事実として記憶のファイルに綴じられる
排煙の中で映写機が回り続けている
粒子の粗いぼやけた画像の中で
微笑む貴方を何度も探しては諦めた

地面から蒸発してゆく
守られなかった微笑たちが泣いている
むせ返るような感情の霧が
行く当ても無くシャツの袖を掴む
埃っぽい歌声が雑踏の中で空しく木霊する
コンクリートに固まった断末魔が
足を掴んではじわじわ這い登ってくる
黄色い鳥がじっと瞳をそらさずに居る

宴の用意が出来たらしい
空から一滴の涙が落ちて来た
頬にべっとり貼りついて
涙は乾こうともしなかった

幻想曲

青い炎　白い光
見果てぬ夢を追いかける
旅人はもう居ない

心の鏡に映し出される
広い広い砂漠の夜

夕暮れ時に見ていた
色水をかけたような
何もかもが奪われてしまいそうな空

物音ひとつしない夜中の街角
窓を開いたら淡い光

誰もが囁かない公園
動かないブランコの吐息

手を振る月の男
星たちの囁き

奏でられる旋律
心地よい音楽

夏

冷たい頬を涙で濡らして
君は白い光の中を歩いた
端っこには一体何があるのだろうと
君はふと思った

落ちたひとかけの夕日と
乾いた雨が混ざっていく

紅い空は夜の中まで浸かり
君は立ち止まることなく歩き続ける
そのまま何処かへたどり着くまで
君はいつまでも歩いてゆくから
何も不安は無かった

夏は過ぎて

草原よぎる幻に
遠き日の夢思い出す
風が運んだ無限の哀しみ
空っぽの心に降り積もる

さっきいたひといないひと
通り過ぎれば気配も忘れて
想い出ひとつが心の隅に

風は止み　世界は止まり　時計は動く
気だるい重さは秋へと続く

黄昏

空から差し出された
雲から降りた金色のカーテンが
緑色の敷き詰められた
広大な絨毯の身体にふわりと身を投げる

朱色に塗られたキャンパスの上
水の化身はゆっくり泳いで

穏やかに両手を広げては
すべてをさらって行こうとする
本当は寂しがりやな貴方
幾度も砂にすがりついては
すべてを奪おうとさえする

消えて行く　紅い魂は
そんな貴方に身を委ねながら
ひとつになって
夜に抱かれるのを待っている

白い服をさりげなくまとった
通り過ぎる美しいその姿は
全ての情景をそっと見つめたまま
冷たい身体を明日へと運んで
音も無しに　去って行く

雨

指先からすべり落ちる
ひと雫の冷たさをながめる
雲の切れ間から差し込んで来る光は
優しく穏やかに地上を照らす
何処までも続く緑色の大地は
風に答えて物静かに囁く

遥か彼方に遠ざかってゆく
さっきまで聞こえた生命の産声は
今ではもう足下の道に刻まれている
時の両手に抱き上げられて
嬉しそうに目を閉じて眠りに落ちた

涙に濡れた泣いた後の街は
急ぎ人たちの体をやわらかに受け止め
さり気なく抱きしめては送る

乾き切った地上を潤わす
空からのささやかな思いやりは
小さく小さく姿を変えて
ゆっくりとこっそりと消えていった

さっきまでうるさいと思っていた雑音《ノイズ》が
今は素敵につくり変えられて
行き過ぎる人や車や生き物たちが
音楽をしっとり紡ぎだす

叫び

冷たい風が私の頬をかすめる
聴け　私の声を
あらん限りの声を出して叫ぶ
私の歌を

傷つく若人の内側に潜む
静かな暗い空洞の中
突き進む愚かな魂と声よ
私は声に出して叫ぶ
何を尊ぶでもないが何かとても
大事な事だと思える言葉を

雨よ風よ木よ草よ
我自らの生命のやすらぎを得る時
ほのかな甘さの霧がかすめるのか
透き通った青い色した街よ
何を考え何を思うのか

私は歌おう
誰の為でも自分の為でもない
誰の為でもない歌を

声の力の在る限り
私は全てを捧げよう
誰にでもなく自分にでもなく
ただ何かの為に

叫びは風になって消えて行く

虚ろい

消えかけた時間を捜して
溶けた記憶の中に潜る
消えかけた思い出の中で
消えた時間を見付けた

出口が無くて　入り口だけがある
それが何だというのだろう
出口が無ければ創れば良いと
出口無しの真中で思った

知られ過ぎた時代を
知られないように歩いて
思い出したくないことを
必死で思い出そうとしている

手繰り寄せる糸の先から
何を得ることが出来るだろうと
遠くへ遠くへ糸を飛ばす

引き寄せる手に力を込めたら
結局何も引っ掛からなかった

取り出そうとした宝物を
もう一度誰かに奪わせてみる
押し戻そうとする力の働きが
何だか妙に愛しかった

口に出そうとした言いたかった一言を
喉の奥で消化させる
もう一度取り出そうとしたそのことばは
かすかに乾いて出てこなかった

もしかしたらと思うことと
もしかしなくてもと思うことの間で
結局結果は同じことだと言うことに気付く
その時に諦めが肩を叩きながら
そういうものだと笑って言った

震え

がらんどうの中を震えながら行く
迷路の中へ迷い込んだ君は
心の震えを押さえられずに止まる
もう一度行けるのなら行こうと思う
長く曲がった蛇道の模様を思い描き
直線の上を滑るように倒れ込んで
行き過ぎる人の足音を聞くように耳をつけた

心に穴が空いてしまったから
どんな言葉もどんな音楽でさえも心は
受け止められないかのように何もかもは
穴から穴へと回り続ける

途中下車

永い間眠っていた気がする
気がつけばずいぶん長い時が
知らない間に過ぎてしまったようで
気がつけば変わらない筈だった
何かが変わって落ち着いていた

空を見上げる瞳は何を探すのだろうか
同じ色を見つける心はあるのだろうか
そんな想いでふとついた溜息が
雲の中へ吸い込まれるようで
うつむく横顔に映る影の重さと
白い夢が抱える無意味な現在が
背中を押しては囁きかける

さあ何処へ行こうか
こんな所から行ける所は
きっと誰も知らない所

何処へ行けるのだろう
ここから何処へ行けるのだろう
つまずきながら行くのだろうか
このまま果ての無い終着駅まで

通りかかる船を探し続ける人が
哀しそうに笑みを浮かべて
さよならの言葉を探す前に
出掛けたい心と行きたくない体と
引きずられる何かへの想いと

消えて行く一瞬の間の輝きと
止まらない進んで行く永い眠りが
同じ位の速さで行く

白い夢がかすかに色付いて
引きずられる真っ暗な目の前が
上手い具合に調合している

未来への序章

灰色の空を見た
ひしめく街を通り過ぎた
無表情な男と
無口な女とすれ違った

崩れかけた城
砕けた鏡
映らない人々

夢は見なかった
眠ることは出来なかった

笑わない子供たち
突っ立っている枯れ木
燃え上がる草や花
歌われない歌

何かがずれていた
何もかもが狂っていた
誰も何も気にしていなかった

1999

さようならの影を探す
どんな色した黄昏よりも淡い色で
昔の夢を手の平にくるんで
さっき見た遠い景色の中
振り返らずに歩いて行く

遠ざかる一日と
近付いてくる次の日が出合う
細い細い通り道は
この間見た風景の中で
繰り返される夢の幻

流れる時の河を行きましょう
これから上に向かって行ける
たどり着いた下の所からいま
白い白い箱を感じて
手を伸ばすのもいいけれど

雨の声をひそかに聴いてみる
夜の囁きと呟きと
風のため息をつかんで
胸の奥へ記憶として閉じ込めてゆく
ひとときの安らぎ

紅い色　蒼い色　白い色
混ざり合うさまざまな色
優しさの思わせぶり

幻は幻のままでいきましょう
消えてしまうならそれでもいい
いっそ消えてしまいましょう
ただ　このままの姿で

終章Ⅱ

灰褐色の土の上を
迷わずに歩いて行こう
何処に何があるかなんてことは
解るはずもないけれど
歩いて行こう
灰褐色の土の上を

天使が落ちてくるよ
真っ白な天使が羽を広げて

灰褐色の土の上を
天使が横たわる

灰褐色の土の上を
歩いて行こう

潰れている何かを
気にせずに居られるはずはないけれど
潰れてる何かを
気にせずに居られるはずはないけれど

郵便はがき

恐縮ですが
切手を貼っ
てお出しく
ださい

1 6 0 - 0 0 2 2

東京都新宿区
新宿1－10－1

(株) 文芸社

ご愛読者カード係行

書　名				
お買上 書店名	都道 府県　　市区 郡　　書店			
ふりがな お名前			明治 大正 昭和　年生　歳	
ふりがな ご住所	□□□-□□□□		性別 男・女	
お電話 番　号	（書籍ご注文の際に必要です）	ご職業		

お買い求めの動機
1. 書店店頭で見て　2. 小社の目録を見て　3. 人にすすめられて
4. 新聞広告、雑誌記事、書評を見て（新聞、雑誌名　　　　）

上の質問に1.と答えられた方の直接的な動機
1.タイトル　2.著者　3.目次　4.カバーデザイン　5.帯　6.その他（　　　）

ご購読新聞　　新聞	ご購読雑誌

文芸社の本をお買い求めいただき誠にありがとうございます。
この愛読者カードは今後の小社出版の企画およびイベント等の資料として役立たせていただきます。

本書についてのご意見、ご感想をお聞かせください。 ① 内容について
② カバー、タイトルについて
今後、とりあげてほしいテーマを掲げてください。
最近読んでおもしろかった本と、その理由をお聞かせください。
ご自分の研究成果やお考えを出版してみたいというお気持ちはありますか。 ある　　ない　　内容・テーマ（　　　　　　　　）
「ある」場合、小社から出版のご案内を希望されますか。 する　　しない

ご協力ありがとうございました。

〈ブックサービスのご案内〉

小社では、書籍の直接販売を料金着払いの宅急便サービスにて承っております。ご購入希望がございましたら下の欄に書名と冊数をお書きの上ご返送ください。（送料１回380円）

ご注文書名	冊数	ご注文書名	冊数
	冊		冊
	冊		冊

海の向こうで

朝靄がグラスの中で濁る
午前三時に目が覚めた
昨夜テレビで誰かが銃弾に倒れるのを
葡萄酒の意識の中で見た気がする
あれは夢だったのだろうか
その人が私を見たのは
あれは気のせいなのだろうか
その人が私を見てたのは

誰の為の自由なの
待ち人を置いて戦うことに
どんな自由があるというの
権力が奪った自由を抱えて
誰の為に自由を探すの

永遠に明日が来なくなった人
闇の中で私を凝視して
苦しくて仕方ないと涙を流す

もうすぐ夜が完全に明けるのに
あなたに朝は来ない

正義は時として残酷で
正しい事は時として間違いで
愛は時として邪魔なもの
あなたが私に確かに言った
けれども私はそのとき傍観者で
あなたの現実は私には非現実で
私の人生には何の支障も無かった
乾ききった心であなたが崩れ落ちるのを
無感情で見つめていた

冬のある日

通りすがりの夜に
思い出してた思い出さらわれ
風の両手で包まれた
駅を降りた今日
いつもより急ぎ足の冬が
はしゃぎまわってはぶつかってくる
ちりちりとした平手打ちを繰り出してくる
ぶらぶらと遊びにやってくる

見上げた空には無数の光
とても遠いのにとても近いような顔した
夜にぶら下がっている大きな丸いピン球は
ゆらゆら見下ろして

靴の紐さえ上手く結べないくらい
凍りついた指の隙間から
時が通り過ぎて行くような
そんな夜を横に連れて

ひとりでとぼとぼ帰る帰り道を
たくさんの顔がすれ違って行く

温もりがほんの少し恋しくなって
自動販売機に小銭を投げる
ちらつく売り切れの赤い文字が
何となく可笑しくて
久しぶりに笑ってみたら

明日はそう遠くないんだと思えて
帰り道が軽くなった気がした

これから

私は恐れはしない
たとえこの先に待って居るものが
とてつもなく大きな壁であったとしても

私は恐れはしない
たとえこの先に待ち構えているものが
とてつもなく大きな障害だとしても

私は恐れはしない
私が私であれるのであれば

君よ
何も恐れるものは無い

君が君である限り
君には恐れるものなど無い

再生

いままで動いていた景色が
急に立ち止まって消えるような気がして
少しうつむいて止まった

これから何処へ行こうか
このまま風に吹かれるのも悪くないけど

ただ夜の夢のように
日々は過ぎ消えては生まれる
そんな繰り返しの中で
生まれていく景色

止まらない時間と
在るのか無いのか解らないような
無数の時間と瞬間

これから何処へ向かおうか
もう少しで立ち止まるような繰り返しの中

もう少し歩いてみようか
多分次の景色に会えるまで

振り返るほど動けないような
そんな空間が存在する中で
独りで行こうか
もうそろそろ歩いて行こうか

少しずつ変わるものが
沢山在ることが解りそうになるから

再生Ⅱ

大きく息を吸い込んで
さあ行こうかと思う

何だか切なくて
わけも無く切なくて
それでも行かなきゃと思って
目を閉じて数を数える

三つ数を数えたら
きっと準備が出来ると思った

一日の終わり

風が教えてくれた言葉を繰り返す
水の音に耳を傾ける日
透き通った哀しみにだけは
心が連れ去られてしまわないように
ゆっくり目を伏せる

さっきまで続いていた何かの音が
今はもう遠くで聞こえて
ただ平たい静けさが
何も言わずに座っている

上手く言えなかった言葉があって
言い訳ばかりが多くなってゆく
振り返るひとつひとつの出来事を
ていねいにていねいに広げてみる
大事に大事にたたんでみる
小さくちぎって手に取ってみる

だるい気分が続かないように
何となく笑ってみようと思った
そんな瞬間が生まれた

手のひらの中でくちゃくちゃにされた
一日を指先でつまんで
明日の口の中へ入れてやると
あっという間に飲み込んでしまって
後には何も残らなかった

見上げたら何処までも広い
果ての無い夕暮れの空ばかりが見えて
少しだけ元気になった

切なさは暗闇の中へ

消えかけた記憶に
今日も明日も年月という埃が
冷たく幾重にも降り積もる
いつしかそれらは形を変えて
闇の中へと消えてゆく

叶わなかった夢
精一杯手を伸ばしても掴めなかった想いは
空中で小さな粒となって漂い
掴もうとした手の中で溶けてゆくけれど
全てを忘れて人は生きてゆく
時々　切なくなりながら

大きな時計が壊れてゆく時
少しだけ感じる何かがあるとしても
それは気のせいでしかないのか
目に見えるものだけしか信じれない
廃墟にたたずむ子供にも気付かない

多分貴方は気にはしない
明日を手に入れる事しか考えはしない
忘れたものを探そうとはしない

切なさは暗闇の奥深い処へ沈んでゆく
きっと貴方は気にもかけない
気付かないのか気付きたくないのか
いつしか風化し忘れられるまで

砂漠

夜の砂漠を独り歩く旅人
月の光が背中を照らす

死に急ぐ人の顔は
もしかしたら無表情なのかもしれず

冷たい空気の中を歩く
独りの人をふと思う

水を探す人は諦めて
やがて死を探すようになるのだろうか

止まらない身体中を走る血は
たまらなく強い力を持っている

砂漠は本当に生きている
駆け引きの途中でそれを感じる

人は弱いと皆は言う
けれども命の力は強いもの

まだまだ旅は終わらない
命の砂もまだ消えない

時の砂

流れ落ちる時の砂を
両手いっぱい掴んだ
一粒もこぼしたくなくて
夢中で掴んだ

さらさらさらさら砂がこぼれた
指の隙間を通り抜け
しゃらしゃらしゃらしゃら夢が砕けた
きらきらきらきら光って消えた
ゆらゆらゆらめく炎のように
あっという間に消え去った

さらさらさらさら砂の声
廃墟の心に降り積もる
急ぎ過ぎた昨日の歌
掴み過ぎた今日の夢

ぽつぽつぽつぽつ雨が降る

ゆっくりゆっくり風が吹き
全てを何処かへ連れ去った

ぽろぽろぽろぽろ涙が落ちて
どんどんどんどん悲しくなった

それまで

切ないくらいの歌声があって
苦しいくらいの想いがあった
空中にぽっかりと浮かんだこの場所

きっとつらいことがある度に
来てしまうだろうという気がしていた
だけど本当に来るなんてこと
考えもしなかったこの場所

何処へも行かないで
何処へも行けないから

触れようとして手を伸ばせば
つかめそうになる幸福なのに
幸せはいつも気まぐれで
あと少しのところで舌をだす

どうか明日には何もかもが
変わってますようにと
いつの日か本気で願ったように

いまはただこの何処でもない場所で
誰でもない貴方を探して
決して見付からないかもしれない貴方のことを
ただひたすら待って
いつまでもいつまでもささやかに
想い続けている

夢から覚めて

夢から覚めて
君は朝を感じて目を覚ます
現実をとても強く感じて
君はもう一度眠りにつきたいと思った

夢が消えて世界が消えた
もう戻れはしない道が
記憶の片隅にひっかかって
少し心を揺らすから
君は少し悲しくなった

夢から覚めて
どうにもならないことが
ここに在るんだということを
君は知った

そしてそれから君は
もう一度眠りたいと思った
もう一度何もかもが消えてしまえばと思った

空洞

真っ暗な闇の中を手探りで歩く
ここは何処だろう
ここは何処だろうと思う

手に触れるものを見つめてみる
これは何だろう
これは何だろうと思う

失ったものを数えてみる
ひとつふたつまで数えて
何だか怖くなって口をつぐんだ

耳を押さえて小さく震える
自分の小ささに脅えているのか
何かに対して脅えているのか
そんなことは解らないけど

僅かなのは今
何も持っちゃいないということ
すべてを失ってしまったということ

ただ真っ暗なこの空洞の中じゃ
先は見えず後も見えず
何も無い深い暗闇の中を
手探りでさ迷い歩くしかなくて
迷うことは許されているのかいないのか
それすらも解らない

戦いの跡

溜息と呼ばれる絶望が
赤く染まった大地へこぼれ落ちていく
それらが幾重にも重なった地表の上に
人は一人また一人と足跡をつけていく
何度傷つき傷つけただろうか
身体の中を流れて行く赤い血液を見れば
誰もが同じ綺麗な色を持っているのに
身体の上を滴る黒く光るその液体は
もはや美しさを保ってはいない

白い瞬間

声にならない叫びを
風が消してゆく姿を
通り過ぎる旅人が見つめる手の中を
砂漠を通り過ぎて行く時の波を
君は黙って見つめている

遠く離れて静かに目を閉じる
過ぎて行く景色に置いて行かれながら
飛べないままの姿で立ち止まる

君は居るのか居ないのか
そんなことは気にも留めないのか
汚れた昨日は今捨てて
立ち上がる足は地に着いているのか

寒さに凍えて動かない
雪の下の小さな木の芽が

春を感じて目を開ける頃に
君は黙って遠くを見つめていた

現在

また夜が来る
また闇が来るのだろう
手を伸ばすのは誰
私が傷つけてしまった
それとも消してしまった誰か

もう終わりは無い
もう始まりは無い

さよならと言いかけた口元から
少し見える貴方の悲しみよりも
明日は遠いようで近いようで

さっきから呟く言葉が灰になる
白い粉になって消えていく

無限

騒がしい毎日　過ぎて行く景色
流れて行く限り無いひと達
かつて手に取ろうとした
けれども手に取れなかった落とし物
誰もが　失っていく思い
取り返せない失われてしまった場面
掴み損ねた夢のうしろ姿

切ない胸の鈍い痛みは
今日から明日へ　明日から未来へ
運ばれ消えてまた生まれ
ひとは続き　時代は続き
痛みは続き　想いは残る

ひとが　ひとである限り

絶望

何処までも平らな道をただやみくもに走る
真っ直ぐにただ続いている平らな道は
誰の足跡も受け止めない程すべすべしていて
幾度人の通りが在ったのかさえ解らない位
とてつもなくつるつると滑り易い
そんな道をただひたすら走る
この季節はいつまで続いているのか
それさえ解れば止まろうとか思いながら
まだまだ終わりの無い季節の端を
ただただ走ってゆく

空虚

答は何処だろう
君は知っているのだろうか
答は何処にあるのかを
答が何処にあるのかを

答は暗い闇の中
光さえも入り込めない暗闇の
深い深い洞窟の中で
誰に知られるのでもなく
誰に知らそうとするのでもなく
ただ永い眠りに落ちている

答は何処にあるのか
誰が知っているのだろうか
どうか教えてほしい
この身が闇に朽ち果てるまでに
この身が霧に変わるまでに

答は何処にあるのだろう
君は知っているのだろうか
何故君が存在し
何故君は歩き続けているのかという事を

この長い迷路の中を
出口から入り口　入り口から出口へと

存在理由

両手広げてみると
左手には過去　右手には未来が
そしてそれぞれの隣に現在が
密やかにくっついている

生まれ来る度にひとは
いくつもの扉をくぐって進んで行く
両手にそれぞれの運命を握りながら
決して捨てることの出来ない道連れを抱えて
過去から現在へ　現在から未来へと進む

片手に昨日がある限り
片手に明日がある限り
どんなにそれを拒んでも
両手に今日がある限り
ひとは進み続ける

絶望の手前

今となってはそれは大きく
そして小さくなっては消える
ささやかなささやかな夢たちは
頭を上げて微笑みかけて
真っ白な　純白だと呼べる程の
迷うことも出来ない程の水の中で
もて遊ばれたり千切られたりしながら
くるくると回り続けている

明日が見えなくなる程の
ひとつかみの憂鬱さは
何の意味があるだろうか
今この瞬間に
無が支配してくることを思えば

この空気　立ち込める大気ばかりは
どんなに頑張っても消せやしない

空は飛べない

優しさに溺れた人は
明日の行方を知らない
優しさを知らない人は
今日の行方も見失う
誰もが知ってる現実というものの重さは
それぞれが知ってるから
人は身軽になって広い大空へと
飛び立つことは出来ない

恋

ひとつの嘘が在りました
ひとつの真実が在りました
ひとつのごまかしが在りました
ひとつの幻が在りました
ひとつの夢が在りました

貴方の言った言葉はまやかしで
私の言った言葉はまやかしでした

すべてすべては嘘でした
すべてすべてが真実でした
すべてすべてはごまかしで
すべてすべてが幻でした
すべてすべては夢でした

もう少し・まだまだ

もう少しとまだまだの間で
来る日来る日をたらたら過ごす
もう少しだけどまだまだだからと
毎日毎日やり過ごしていく
何をしようとも思わず
何が出来るかなんて思わず
ただもう少しでもまだまだと
何一つやろうとせずに時間を過ごす
そうこうしている間に月日が流れ
やがて人生の終わりが本当に来るまで
もう少しまだまだと思いつづける

葛藤

今すぐここで消えてしまえば
もう二度と傷つくことも無いだろう
今すぐここで消えられたなら
決して痛みは続かず
苦しみは瞬時に無くなるだろうに
心と体が反対しあって
結局はそんな事出来なくて
流れた涙の数だけ時は流れ
決して癒えない傷がひとつ
心の中にざっくりと広がってゆく
じわじわと広がってゆく
鈍い痛さや苦しみや悲しみ
いっそ派手に傷つくのならば
そんな痛みもすぐに癒えるのに
小さく鈍い切れ味の悪いナイフでは
傷はいつまでも残ってゆく
誰のせいでもないけれど
誰かのせいだと思うほうが楽で
それを貴方だと思えるならば
少しは気が晴れるなどと思い
精一杯憎んでみるけれど

悪いのは私
心はそれを言いたがっている

まだ

君が君で在り続ける限り
私は私で在り続ける

私が私で在り続ける限り
君は君で在り続ける

君が君で無くなったら
私は私で無くなり

私が私で無くなったら
君は君で無くなる——

長距離走者

擦り切れた踵を見つめる
もうどれくらい走ってきたのだろう
思い出せない位の多くの瞬間と共に
ひとつになって駆けて来たけど
小さなはじき出された硝子玉のような
迷い続けている私たちは
何もかもに囚われすぎて
どんどん終着点から遠ざかっているように見える

もうそろそろ終着点が見えても良い頃なのに
いつまでたっても終着点は見えず
それどころか走ってきた理由さえも
今となってはわからない
ただ走ることだけしかわからないから
止める訳にはいかないと
ひたすら真っ直ぐ駆けて行く

走ることだけを考えて
立ち止まることさえ出来なくなってしまった

無力の長距離走者たちは
誰かが走って行った路を走り抜く
矢印の方向を見失い
正しい路も見失ったまま
脅迫概念に囚われたまま
駆けて行く

存在

光は何処に在るのだろう
光は何時輝き始めるのだろう
影は光無しでは存在し得ないのに
闇はどうして光の存在すら
隠してしまおうとするのだろう

それだけ

あなただけに贈りたい言葉を
口の中で呟いてみる
あなただけに渡したい言葉を
口の中で繰り返してみるけど
喉の奥で詰まってしまった音は
口まで上がってこないから
本当に言いたいたったひとつの単語さえ
いつまでたっても口に出来ない
もしも私の心が一冊の本であったなら
黙ったままであなたに渡すことも出来るのに
私の心は手には出来ないものだから
あなたに私の気持ちは届かない

地点

どうしようというよりも
まいったなあという気持ちで振り返る

長い道だったのか短かったのか
今までてくてく歩いてきた道は

今戻ってきた場所戻って行くところ
それは一体何処だろう

結局はここかという場所には誰が
待っていてくれるのだろう

今まで居た場所はまるで何処でもないようだ
今居る場所はまるで何処でもないようだ

結局ここになってしまうんだ
それを堕ちるというのかもしれなくても

矛盾

目に見えるもの見えないもの
どっちも嘘の時がある

聞こえるもの聞こえないもの
どっちも本当の時がある

感じられるもの感じられないもの
どっちも重い時がある

結局何もかもすべては
一言では決められないという事で
結果的には何もかもが
答で答じゃないという事

そんな事ってある
そんな事ってある

疑問

守るものはありますか
帰るところはありますか
貴方が歩くその先で
待っていてくれる誰かは居ますか

冷たい風に抱かれても
凍える寒さに身を投げ込んでも
迎えに行ける誰かは居ますか

このまま何も変わらないと解っても
追い続けるだけの勇気を持てる
大きな夢はありますか

一番つかみたいものは
いつも貴方の隣にありますか

たとえ間違いを犯すひとが居ても
許すことが出来ますか

貴方が裏切られた時
どれくらい信じ続けようと思いますか

例えば嘘をつかれたら
どのくらい騙されようと思いますか
いつまで騙されようと思えますか

もう少しだけ

闇に向かう足を止め
光を目指そう
昨日までの闇はもう要らない
目の前に広がっているのが
例え深い闇でしか無くても
いつかほんの少しの光が見えるまで
そこの場所まででいいから
もう少し歩いてみようか
きっと闇に向かう足は言うことを聞かず
ただ闇を目指そうとするだろうけど
少しの光が見えるところまで
もう少し歩いてみよう
君を責めるひとは誰も居ない
誰も居ないから

本心

悲しくて悲しくて仕方無い時
貴方が居たならと思わず思う

泣きたくて泣きたくて仕方無い時
貴方が居たならと思わず願う

苦しくて苦しくて仕方無い時
貴方が居たならと思わず呟く

本当はだけど何とかして
ひとりで何でも解決しないと

結局はだけど何とかして
ひとりで解決しないと

だからやっぱりそんな時には貴方には
居てはほしくないと思う

そうでないと貴方の優しさで
私は潰れてしまうから

きっと貴方の温もりが
消える事に恐くなるから

君へ

ささやかにささやかに守られてきた
大事に大事にされてきた
君がくれた手の平に包み込まれていた
小さな小さな温もりが
胸の中にそっと染み込んでいく

どんな素敵に飾られた
数限りない沢山の言葉よりも
剥き出しのままの君の言葉だけで
私はこのまま進んで行けると思った
どうか君から離れませんようにと願った
前を向いて歩いて行けると思った
前を向いて歩いて行こうと思った

私の大切なひとへ

時々手の中に在る大切なものを
落とさないようにと必死につかむあまりに
もっと大切にしていたものを
知らない間に見失ってしまって
落としてしまっている時があります
そんな時に貴方がそれを拾い上げて
さりげなく私の手の中に入れて
もう二度と無くしてしまわないようにと
そっと両手で包んでくれるから
私は貴方と一緒に居られて
本当によかった
と　思うのです
そしてこれからもずっと
一緒に居られますように
と　思うのです

著者プロフィール

安藤 あゆみ（あんどう あゆみ）

1978年1月19日生まれ。
奈良県天理市出身。

非常階段

2002年6月15日　初版第1刷発行

著　者　安藤 あゆみ
発行者　瓜谷 綱延
発行所　株式会社 文芸社
〒160-0022　東京都新宿区新宿1-10-1
電話　03-5369-3060（編集）
03-5369-2299（販売）
振替　00190-8-728265

印刷所　株式会社 平河工業社

ISBN4-8355-3903-6 C0092